LES
THERMOPYLES
de 1814

PAR

ALEXANDRE BÉRARD

DÉPUTÉ DE L'AIN

(Extrait des *Annales* de la Société d'Émulation de l'Ain.)

BOURG

Imprimerie du COURRIER DE L'AIN

Francisque Allombert, propriétaire

1898

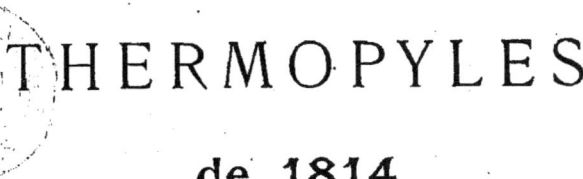

LES

THERMOPYLES

de 1814

Les Balmettes en 1898

LES THERMOPYLES

de 1814

PAR

Alexandre BÉRARD

CHAPITRE Ier

Lorsque le voyageur, en suivant la voie ferrée de Lyon à Genève, a franchi l'Ain, dont les eaux bleues séparent la Dombes, aux plateaux riches de céréales, aux larges horizons, du Bugey aux monts chargés de vignes et de forêts de sapins, il a devant lui un paysage magnifique, un vaste hémicycle, amphithéâtre superbe de montagnes que domine la haute cime de Luisandre, amphithéâtre à peine brisé par la sombre gorge de Saint-Rambert, où coule l'Albarine aux eaux blanches, laquelle, à travers la plaine caillouteuse, formée des cailloux roulés par l'ancien glacier du Rhône, des débris pierreux et calcaires entraînés par les torrents, va mêler ses flots à ceux de sa grande sœur l'Ain, aux eaux bleues.

Au bas des coteaux, dans la vallée, s'élancent les flèches des clochers modernes et bourdonnent gaîment villes et villages, Ambérieu avec sa gare si vivante, Saint-Denis-le-Chosson au vieux nom historique, — qu'on a changé, il y a peu d'années, — Ambronay, puis Douvres et Bettan, deux petits villages perdus dans des nids de verdure, cachés aux regards de l'indifférent et que peut seul découvrir le touriste amoureux des sites ignorés.

Sur les cimes qui dominent le vaste hémicycle, sur les gradins de l'amphithéâtre, planant comme les témoins de la mort au-dessus des cités vivantes de la plaine, se dressent des ruines, tristes, solitaires, majestueux débris du passé : c'est la tour de Saint-Denis, qui se dresse comme une sentinelle avancée traçant sa gracieuse silhouette sur le dernier coteau qui ferme l'hémicycle ; c'est le château de Saint-Germain, l'ancienne résidence des rois burgondes, dans les salles duquel Gondebaud rédigea la *loi Gombette*, premier balbutiement de la législation renaissante au milieu du féroce arbitraire des tribus barbares venues des forêts de Germanie, dans les cours duquel grandit Clotilde, la femme de Clovis, celle que l'Eglise a sanctifiée pour avoir converti le roi franc à la religion catholique ; c'est le vieux manoir des Allymes, dont les tours en pierres sèches bravent depuis dix siècles les vents et les ouragans de la montagne ; ce sont les derniers débris du château de Luisandre, qui, lui, placé au point culminant, n'a pu résister à la tempête des éléments, après avoir essuyé le feu des hommes ; c'est la vieille tour de Douvres, qui surgit au milieu d'un bosquet ; c'était hier Chazey et Varey, aujourd'hui restaurés par le goût artistique de leurs propriétaires.

Au milieu de ces ruines, demeures de leurs anciens maîtres, témoins ineffacés de l'ancien esclavage, nos vaillants cultivateurs du Bugey ont planté leurs vignes, et, au milieu des anciennes cours seigneuriales, à côté des oubliettes à peine comblées, avec les pierres que le temps a arrachées aux hautes tours, ont construit les *gran-geons*, petites maisonnettes, où ils enferment le fruit de leurs vendanges. Leur pioche invinciblement laborieuse a conquis les vieux manoirs ; mais, pendant qu'ils sarclent leurs vignes, les ruines voisines, debout à leurs côtés, leur rappellent le long martyre de leurs pères : puissent-ils, devant ces monuments des siècles passés, ne jamais oublier les larmes qu'a arrachées à leurs aïeux le despotisme féodal et théocratique, ne jamais oublier leur joie à la grande délivrance de 1789 !

Sur ce coin de terre, toutes les grandes invasions qui ont été déchaînées sur l'Europe ont passé : toutes y ont laissé des traces : c'est un des morceaux du lit commun où les flots divers de tous les torrents humains ont roulé : Kymris et Celtes y ont passé pour peupler la Gaule aux âges préhistoriques ; Ambarres et Séquanes y ont trouvé leur route ; les Cimbres et les Teutons — avant-garde des grandes hordes germaniques, invincibles par leur nombre, victorieuses cinq siècles plus tard — l'ont traversé pour aller se faire écraser à Verceil sous les lances et les glaives des légions romaines de Marius ; les Romains envahissant la Gaule y ont poussé leurs intrépides phalanges et y ont planté fièrement l'aigle quirite que devaient y briser les Goths, se précipitant par les vallées de l'Ain et du Rhône vers l'Italie, la terre aux fruits d'or éternellement rêvée sous les grises brumes du Nord ; Annibal y poussa ses cohortes ; les sauvages tribus des Hongres y lancèrent leurs chevaux ; les Arabes y conduisirent leur invasion portant la civilisation d'Orient ; et tous ces peuples venus de tous les points de l'Ancien Monde, de l'Italie, de l'Espagne, de la Numidie, des immenses plages de la Baltique, des rives de la Sprée et de la Vistule, des plaines de la Hongrie et des gorges du Caucase, ont tous laissé sur ce coin de terre des traces profondes, jetant des races diverses, dont les traits ataviques se retrouvent nettement caractérisés encore à l'époque actuelle, et qui néanmoins sont arrivées à former en cette démocratie vaillante et laborieuse la population la plus homogène au point de vue moral, la plus profondément unie en son patriotisme français.

Là, sur ce coin de terre, au début du Ier siècle avant notre ère, les Cimbres et les Teutons écrasèrent les 80,000 soldats des légions des consuls Manlius et Cépion ; là, sur ce coin de terre, au IIIe siècle de notre ère, les héritiers des Césars s'y disputèrent l'empire du monde ; là, sur ce coin de terre, au XIVe siècle, se livra une fameuse bataille, Varey, qui décida du sort de la vallée du Rhône, décima pour toujours la noblesse de Bourgogne, arrêta la marche conquérante de l'ambitieuse maison de Savoie, lui barra à jamais son empire vers l'ouest et rejeta son âpre désir de conquêtes au-delà des Alpes vers les rives du Pô et les plaines lombardes !

A travers les monts de l'hémicycle qui le ferment à l'est, une brèche étroite, masquée par les revers des coteaux, les bizarres fantaisies des taillis de chênes, une brèche par où coule l'Albarine

Au sud, exposés par les vents du nord, les coteaux boisés aux pieds desquels dort le village de Bettan ; sur la rive droite de la rivière, des côtes abruptes, rocailleuses, commençant au village de Saint-Germain-d'Ambérieu, se continuant par celui de Torcieu, aux flancs desquels, sans cesse menacées par les roches qui les surplombent, vivent vertes et verdoyantes les vignes aux vins succulents, vignes que dorent les rayons du chaud soleil.

Au-dessous des vignes d'étroites prairies, enserrées entre le roc et la rivière, prairies parsemées et ombragées de châtaigners centenaires.

Puis des éboulis de rochers brisés, roulant de trois à quatre cents mètres de haut vers la rivière, éboulis à travers lesquels luttent de maigres arbrisseaux aspirant à la vie et conquérant, menacés par de continuelles avalanches, pouce par pouce la terre à la stérilité, la fécondant pour les générations de demain.

La Roche de Salaize suspendue au-dessus de la gorge ; les *Aléanches* (les avalanches), cirque enfermé dans des roches perpendiculaires perforées de cavernes profondes, aujourd'hui parées de vignes verdoyantes, autrefois dégringolade de pierres incultes, la rivière étroite, coulant dans des vourgines de saules en cascadettes blanches et écumantes, un cahos de blocs informes, énormes, barrant le passage, c'est le défilé des Balmettes : c'est là, où, en 1814, les paysans bugistes renouvelèrent, pour la défense de la patrie, en des Thermopyles nouvelles, l'héroïsme des Grecs antiques défendant la terre sainte de l'Hellade contre l'invasion des Perses barbares, où, nos héroïques paysans, luttèrent un contre cent pour la défense du sol sacré de la France contre les envahisseurs cosaques et autrichiens.

Les Balmettes de *bal*, *bel*, *montagnes*, si non de *Bal soleil*, le nom de l'éclatant parrain du village voisin de Bettan, où nos aïeux gaulois célébraient, aux équinoxes d'hiver et d'été, la fête aux flammes allumées et joyeuses du Dieu bienfaisant, dont les chauds rayons donnent la vie à la nature, et que leurs fils, continuateurs inconscients des vieilles traditions et des vieilles légendes, ont transformée en les fêtes chrétiennes de Noël et de la Saint Jean.

Des deux côtés du défilé, d'un côté en aval de l'Albarine, le village de Saint-Germain-d'Ambérieu construidans les derniers remparts du vieux manoir burgonde, ancienne petite ville commerçante ruinée an Moyen-Age par suite d'une horrible Saint-Barthélemy de Juifs que le fanatisme religieux et la stupide ignorance rendaient responsables de la peste, déchue de son antique splendeur, plus loin Ambérieu-en-Bugey ; de l'autre côté, en amont de la coquette rivière, le village de Torcieu, puis la petite ville de Saint-Rambert-en-Bugey, qui a pu construire ses maisons en l'étranglement de la gorge, conquérant tout à la fois une place sur l'Albarine et sur les rochers.

C'était les derniers jours de l'année 1813 : Napoléon vaincu par les frimas de la Russie, battu dans les champs de Leipsick, après avoir, en sa folle ambition, épuisé la patrie dans une série de guerres conquérantes, reculait devant l'Europe coalisée : ce n'était plus l'imitateur d'Alexandre-le-Grand, d'Annibal et de César poussant ses légions à la conquête des peuples, c'était le général vaincu, débordé par des armées dix fois plus nombreuses, luttant en vain pour défendre contre l'invasion le sol de la patrie.

La France, par les fautes de Napoléon, avait déjà perdu ses frontières du Rhin et des Alpes que lui avaient conquises glorieusement les héroïques armées de la République, les soldats en sabots, quand ils n'étaient pas nupieds, de la Convention : Anglais, Russes, Prussiens, Espagnols, Autrichiens coalisés, sur tous les points du territoire, avaient franchi les frontières françaises d'avant 1792 : au nord, au sud, à l'est, de partout, c'était le

débordement de l'invasion sur le sol sacré de la patrie.
Napoléon, revenu à Paris, disait au Sénat : « Toute l'Eu-
« rope marche contre nous » ; et il ajoutait : « Nous au-
« rions tout à redouter sans l'énergie et la puissance de
« la nation. » Hélas ! cette puissance avait été épuisée
par les quinze ans de guerre pendant lesquelles le despotisme de Napoléon avait entraîné cette nation sur tous
les chemins d'Europe et l'énergie du peuple que, du haut
du trône impérial, il avait méconnu, exploité et épuisé,
n'était plus assez forte pour barrer la route à l'envahisseur en 1813 comme en 1792.

Et tout le génie militaire du vainqueur de Marengo et
d'Austerlitz ne pouvait, avec une poignée de soldats,
60,000 hommes environ, arrêter le flot des envahisseurs,
les 500,000 soldats que lançait sur la France l'Europe
coalisée. Napoléon le pouvait d'autant moins que partout
il était entouré de trahisons : si le peuple, si méconnu
par lui, conservait la foi patriotique, ses maréchaux, ses
sénateurs, ceux qu'il avait couverts d'or et de faveurs, le
trahissaient se mettant d'accord avec les représentants
de la vieille noblesse et du clergé, lesquels faisaient partout cause commune avec les envahisseurs, avec ceux qui
ramenaient dans leurs fourgons pour la replacer sur le
trône la famille des Bourbons.

Pendant que Wellington, à la tête de 160,000 Anglo-
Espagnols forçait la ligne pyrénéenne et que le traître
Bernadotte, porté au trône de Suède, à la tête de 80,000
Scandinaves, envahissait la Belgique, l'armée prussienne
sous la direction de Blücher, et l'armée autrichienne,
commandée par Schwartzenberg, fortes ensemble de
360,000 hommes, envahissaient la frontière de l'Est
cherchant à se réunir sur le plateau de Langres.

2

Violant la neutralité Suisse, Schwartzenberg envahissait le département de l'Ain.

Un des héros de la défense nationale, qui fut le témoin des hauts faits des paysans de ce département à cette époque, le commandant Garbé, lequel défendit héroïquement le fort de Pierre-Châtel situé sur le Rhône, leur rend ce témoignage :

« A l'approche de l'armée ennemie, l'esprit public se
« manifesta dans toute cette contrée (la Bresse et le Bu-
« gey) avec une remarquable énergie. Les gardes natio-
« nales se disposèrent à la résistance, les paysans les
« secondèrent partout... Je pouvais compter sur le con-
« cours des habitants du pays. Malgré les menées des
« personnes influentes qui désiraient la chute du gouver-
« nement de Napoléon, et dont l'activité s'accroissait de
« jour en jour à mesure qu'ils la voyaient arriver, l'im-
« mense majorité de la population était prête à nous
« prêter un appui énergique. Si je n'y fis pas plus sou-
« vent appel, ce fut pour ne pas compromettre inutile-
« ment de braves gens, pendant que les événements se
« décidaient ailleurs contre nous... Dans une guerre
« d'invasion, le gouvernement trouvera toujours dans les
« habitants du Bugey et de tout le département de l'Ain,
« des hommes courageux, patriotes, décidés à défendre
« énergiquement leur pays, et sur le concours desquels
« les opérations militaires pourront utilement s'appuyer. »

Mais hélas ! que pouvaient ces braves paysans, malgré tout leur héroïsme patriotique, contre les hordes de Schwartzenberg, alors que les généraux impériaux lâchaient pied ou trahissaient, alors que les Autrichiens étaient reçus à bras ouverts dans les villes par l'aristocratie, par ce qu'on appelait *la bonne société !* Que pouvait la vaillance de nos paysans de l'Ain isolés dans nos montagnes bugeysiennes ou au milieu des côteaux de la Bresse et de la Dombes, quand Augereau lui-même, chargé de la défense de la région, avait, aux portes de Lyon, une attitude si étrange, explicable seulement par une inadmissible incapacité ou par la trahison ! Que pouvaient-ils faire nos paysans surtout quand les plus forts d'entre eux, tous ceux de dix-huit à quarante ans avaient été enlevés pour être enrôlés dans les armées et qu'ils ne restaient plus dans nos villages dépeuplés par l'inexorable conscription laquelle avait immolé des générations entières à la rage conquérante de Napoléon — le village de Douvres par exemple, qui comptait 1,200 habitants en 1804, dépeuplé par les appels incessants de l'enrôlement militaire n'en comptait plus que 400, neuf ans après, en 1813, — quand ils ne restaient plus dans nos villages que des infirmes, des vieillards et des enfants !

Infirmes, vieillards et enfants, dignes successeurs de leurs frères et aïeux de 1792 et 1793, furent cependant héroïques et, au milieu des tristes défaillances du temps, ils sauvèrent au moins l'honneur national !

CHAPITRE II

Eh bien ! la Maria as-tu des nouvelles de Jacques ?

— Hélas ! non ! voilà plus de deux mois que nulle lettre de lui ne m'est parvenue : la dernière m'avait été écrite par lui de Silésie, quelques jours après une bataille où le général Sibuet avec ses cinq mille soldats avait tenu tête pendant douze heures à trente mille Russes. Il me disait qu'il n'avait pas eu une seule égratignure et qu'il allait bien, malgré les fatigues de la guerre, la retraite depuis Moscou. Mais, depuis, disait-elle, en éclatant en sanglots, qu'est-il devenu ?

— Vous ne savez pas où il est allé ?

— Non : le général Sibuet l'avait vu à Belley et l'avait pris à son service ; mais, le soir de la bataille, le général a été tué au moment où il franchissait une rivière. Qu'est-ce que Jacques est devenu ?

Cette conversation s'échangeait, dans la soirée du 15 janvier 1814, dans l'étroite pièce d'une petite maisonnée de Saint-Germain-d'Ambérieu entre une vieille femme, la femme Alamercery, et une grande et belle jeune fille de dix-neuf ans, Marie Bozonnet.

Celle-ci était restée orpheline avec son frère Benoît, plus jeune qu'elle de deux ans : pour tous biens la petite chaumière perdue dans les murailles des remparts de Saint-Germain et quelques arpents de vignes. C'était la misère, mais Benoît et Marie étaient vaillants et, en leur jeunesse active, ils luttaient tant bien que mal contre l'adversité.

Quelques mois auparavant, Marie s'était fiancée avec un brave garçon Jacques Tissot-Guerraz. Jacques était

parti pour l'armée comme tous les camarades de son âge :
le général Benoît-Prosper Sibuet, qui était de Belley,
l'avait attaché à lui comme ordonnance.

Quant à la mère Alamercery, elle avait vu ses deux
fils s'enrôler en 1792 : l'un était mort sur le *Vengeur*;
l'autre, enrôlé dans l'armée des Pyrénées-Orientales,
avait disparu probablement frappé dans un engagement
avec les Espagnols. La vieille femme restée seule, profondément imbue des grandes et patriotiques idées qui
avaient enflammé tous les cœurs aux premiers jours de
la grande épopée révolutionnaire, était restée dans le village, l'objet de la vénération de tous. Pendant toute la
période des guerres victorieuses de Napoléon, elle était
demeurée muette, stupéfaite de voir nos armées entre-
prendre contre les autres nations ces conquêtes, ces invasions que ses fils et leurs frères de 1792 avaient re-
poussées au prix de leur sang. Depuis que le bruit de nos
défaites était arrivé dans les villages du Bugey et que
l'on disait que l'Autrichien menaçait d'envahir le pays,
la mère Alamercery, revivant, vingt ans après, la grande
pensée d'autrefois, du temps de Valmy, de l'époque de
Danton, allait de maison en maison, enflammant les cœurs,
appelant tous ses compatriotes à prendre les armes, à la
défense du sol national. Ses discours ardents, à Saint-
Germain, à Torcieu, avaient exalté les imaginations et
tous les paysans des deux villages étaient prêts à la
guerre sainte : ils avaient décroché du haut des cheminées des chaumières les vieux fusils pour faire feu sur
les Autrichens et les Cosaques quand ils arriveraient sur
les bords de l'Albarine.

La mère Alamercery cherchait à consoler autant qu'elle
pouvait Marie, à lui donner courage et à lui rendre espé-

rance ; mais ses paroles résonnaient dans le vide : la pensée de la jeune fille s'égarait dans des rêves douloureux ; elle ne pouvait chasser de son esprit les noirs pressentiments qui lui montraient son fiancé couché sur la terre glacée d'Allemagne ou roulé comme son général dans les eaux grises d'une rivière de Silésie.

Au dehors, la neige tombait à gros flocons, amoncelant, dans les rues étroites du village, un épais tapis blanc.

Un instant après, Benoît Bozonnet, un fort gas de dix-sept ans, solide et robuste, type achevé de cette race forte produite par le mélange du sang latin et du sang burgonde, entra dans la maison et se jeta au cou de sa sœur, en sanglotant.

Des nouvelles, il en apportait : elles étaient tristes, désolantes, et le chagrin du deuil national allait encore assombrir les âmes des deux femmes déjà troublées d'inquiétude à la pensée de Jacques.

L'armée autrichienne était dans le département : le 29 décembre, elle était entrée dans Gex et, pendant trois jours, cela avait été dans la petite ville un passage incessant de cavaliers, de fantassins, de canons se dirigeant les uns vers le Jura, les autres sur Bourg, Nantua et la vallée du Rhône. Le général autrichien qui commandait le corps d'invasion s'appelait Bubna. On aurait pu arrêter sa marche au premier pas, au fort l'Ecluse, sous les canons duquel il était impossible de passer ; mais la trahison s'était mise de la partie et un ancien émigré, nommé Lecamus de Coëtenfoë, qui commandait le fort, d'accord avec l'ennemi, lui avait livré la place sans coup férir. Ce traître avait même joué une indigne comédie en sa lâche trahison ; les Autrichiens s'étant approchés du fort sans canons, Lecamus de Coëtenfoë leur fit savoir qu'il ne pouvait

rendre la forteresse à un corps d'armée ayant de l'artillerie:
les Autrichiens firent alors avancer deux canons et un obu-
sier et, afin de parlementer plus facilement, eux parlant latin
et Lecamus de Coëtenfoë ne comprenant que le français,
ils forcèrent une dame Cuaz à leur céder comme interprète
son fils âgé de douze ans, jeune lycéen, bégayant tant
bien que mal la langue de Virgile, en l'assurant qu'ils
étaient d'accord avec le commandant du fort et que son
enfant ne courrait aucun risque ; ils tirèrent pour la
forme sur le fort et, le jeune Cuaz servant d'interprète,
contraint, au premier coup de feu, Lecamus de Coëtenfoë
se rendit. A Nantua, une vingtaine de gendarmes avaient
essayé bravement de se battre, mais cette poignée de
vaillants soldats avait inutilement succombé sous les
balles autrichiennes. Bubna était descendu le long des
rives du Rhône et avait sommé le fort de Pierre-Châtel
de se rendre, croyant qu'il en serait là comme au fort
l'Ecluse ; mais l'officier, qui commandait Pierre-Châtel,
n'était pas un ancien émigré crmme Lecamus de Coëtenfoë, c'était un brave soldat des armées de la République
nommé Garbé et, bien que sa place fût absolument isolée,
qu'il n'eut pour toute garnison que cent cinquante hommes, sur lesquels quatre-vingts vétérans d'origine hol-
landaise, la plupart infirmes, mal armés, et que pour
toute munition cent paquets de cartouches, il s'apprêtait
à soutenir un siège — rendu d'autant plus difficile qu'il y
avait dans le fort à surveiller quatre cents prisonniers
espagnols prêts à tout pour reconquérir leur liberté. — Du
côté du haut Rhône, la route était donc fermée à Bubna,
mais ses troupes allaient arriver à Ambérieu par Nantua,
Bourg, Cerdon, par la vallée de l'Ain. Bourg défendue héroïquement par soixante jeunes gens, armés de mauvais

fusils, malgré un combat follement disproportionné au pont de Jugnon, était tombée aux mains de l'ennemi. L'ennemi y avait même installé, au nom du roi Louis XVIII, un préfet provisoire, traître, originaire d'Ambérieu.

Telles étaient les nouvelles que Benoît Bozonnet apportait aux deux femmes.

La vieille femme, la mère des soldats de 1792, écoutait en silence et les larmes coulaient de ses yeux : il n'avait donc servi à rien d'immoler, vingt ans auparavant, tant de jeunes et vaillants hommes, tels ses fils, pour sauver la patrie de l'invasion des étrangers et des rois !

Marie oubliait presque son fiancé en la triste stupeur de la défaite nationale.

La mère Alamercery sortit la première de sa stupeur : puisque les Autrichiens s'avançaient, il fallait les combattre et tâcher de les arrêter. Et, vaillante, se dressant, sa haute silhouette se dessinant à la vacillante lueur de la pauvre chandelle qui éclairait la pauvre demeure : « Enfants, s'écria-t-elle, venez avec moi avertir les gas ; « on reprendra les vieux fusils et en se battant on mourra « pour la patrie ! »...

Et au même moment, dehors, la voix avinée d'un pochard jetait sous la neige tombante les paroles idiotes d'une chanson à boire.

— « Delise ! » s'écrièrent à la fois Benoît et Marie.

C'était un individu d'une quarantaine d'années, venu on ne sait d'où, installé au village depuis trois ou quatre ans, riche disait-on, qui s'était mis à faire la cour à Marie et qui, toujours repoussé, espérait la décider au mariage depuis le départ de Jacques. Triste personnage, méprisé de tous, détesté de tous, dont l'origine inconnue était un sujet des plus incohérentes légendes et dont la seule vue jetait l'effroi dans le cœur de Marie.

Il se mit à heurter la porte. Marie, effrayée, se blottit dans les bras de son frère.

Ce fut la mère Alamercery qui ouvrit : « Passez votre « chemin », clama t-elle à l'ivrogne.

Et celui-ci, bégayant, surpris de la subite apparition de la vieille femme, s'en alla zig-zaguant et continuant sa chanson, dont les vers sonnaient comme une menace aux oreilles de Marie.

CHAPITRE III

Du côté de Belley, les troupes de Bubna se trouvaient paralysées par la résistance de Pierre-Châtel, que, malgré un long siège et un furieux bombardement, le vaillant commandant Garbé ne devait jamais rendre à l'ennemi et dont la résistance ne devait cesser que la paix conclue, une fois Louis XVIII ayant remplacé Napoléon et le drapeau blanc ayant été hissé à la place du drapeau tricolore. Les Autrichiens s'étaient néanmoins cantonnés à Belley, où les nobles et le clergé les avaient reçus en amis, mais d'où les paysans, réunis en un jour de foire, au moment de leur entrée dans la ville, avaient follement essayé de les repousser, les assaillant « avec tout ce qu'ils trou- « vaient sous la main, même avec des boules de neige, » ainsi que le raconte Garbé, et tombant désarmés sous les coups de fusil de l'ennemi.

Du côté de Lyon, malgré les ordres de Napoléon, mal- gré ses pressantes sollicitations « d'oublier ses cinquante-

3

« six ans et de se souvenir des beaux jours de Castiglione »,
Augereau trahissant se refusait à agir. S'il se fut avancé
à temps, grâce surtout au concours des paysans de la
Bresse et du Bugey, il eût facilement repoussé jusqu'à la
frontière suisse les soldats de Schwartzenberg.

Augereau ne se décida qu'au milieu de février à faire
marcher contre l'ennemi une partie de ses troupes avec
le général Meunier. Le 17, celui-ci s'emparait de Mexi-
mieux, battait les Autrichiens sur les bords du Toison,
près de la rivière d'Ain, entre les deux coquets villages de
Loyes et de Villieu ; et, le 19, il reprenait Bourg, et, pour-
suivant ses succès, il allait chasser, avec l'aide des gardes
nationales Gessiennes et Nantuassiennes, l'Autrichien
du pays de Gex ; mais Augereau, continuant son œuvre
de trahison, donnait l'ordre de battre en retraite, se reti-
rant devant l'ennemi et abandonnant aux seuls paysans
la défense du département de l'Ain envahi par les blancs
soldats de l'empereur d'Autriche.

Napoléon, comprenant enfin que la seule défense de la
patrie pouvait se trouver dans ce peuple qu'il avait si
longtemps méconnu, se décida à faire appel à son patriotisme, comptant retrouver en lui le sublime élan de
1792.

En Champagne, où son génie militaire faisait des efforts
gigantesquement merveilleux pour arrêter la marche des
armées ennemies, il avait vu à l'œuvre ces vaillants gardes
nationaux, soldats improvisés « en chapeaux ronds et en
« vestes, sans gibernes, armés de toutes sortes de fusils, »
comme il le disait dans une lettre à Augereau, ajoutant
qu'il « en faisait le plus grand cas », qu'il regrettait de
n'en avoir que quatre mille et qu'il « voudrait bien en
« avoir trente mille. » Par un décret impérial, il ordonna

de rétablir les gardes nationales dans toute la France. Inutile de dire que les populations de la Bresse, du Bugey et de la Dombes s'empressèrent d'exécuter ce décret. Elles le firent avec un élan admirable que les royalistes cherchèrent à arrêter ; « mais, raconte Garbé, les efforts des « royalistes furent infructueux au milieu de l'excellente « population du Bugey. » On réquisitionna le plomb et la poudre pour en faire des cartouches.

Les habitants de la petite ville de Saint-Rambert-en-Bugey furent des premiers à organiser leur garde nationale. Dès l'apparition du décret impérial, ils se réunirent autour des notables de la petite cité et formèrent un petit corps de troupe. Les officiers furent choisis parmi les citoyens qui avaient su imposer à toute la population l'estime par leur vie privée et la confiance par leurs vertus civiques. Juvanon fut nommé capitaine ; François Grange, Gustave Baron et Bourdin-Grisy furent nommés lieutenants ; les galons de sous-lieutenant furent donnés à Brucelin.

On chercha dans toutes les maisons le plomb qui pouvait y être enfoui, les fusils qui pouvaient être suspendus aux murailles : on se prépara héroïquement à défendre la petite ville. Les femmes, les enfants, les infirmes, tous se donnaient avec courage, dans la mesure de leurs forces, à l'œuvre grandiose de la défense nationale, les uns préparant ce qui devait être nécessaire aux blessés, les autres aidant à la confection des cartouches : un grand souffle patriotique avait passé sur la petite cité, enflammant les cœurs et créant les héros.

A Ambérieu, à Saint-Germain, la même flamme patriotique soulevait les habitants. Là aussi on songeait à organiser les gardes nationales ; mais les ressources man-

.quaient, sur les conseils de la mère Alamercery, une tren-
taine de jeunes gens et d'hommes d'une quarantaine d'années résolurent d'aller se joindre à la garde nationale de
Saint-Rambert : — Saint-Rambert, l'ancien chef-lieu du
district, petite ville, avait encore gardé à cette époque
son allure de capitale de la région ; il était tout naturel
que les habitants des communes voisines songeassent à se
grouper en cette cité, centre de la vie locale. — Benoît
Bozonnet se mit à parcourir les hameaux de la région
environnante, avertissant les paysans de la résolution
prise et invitant les solides, ceux qui pouvaient tenir un
fusil, à se joindre à la petite troupe, qui, à jour dit, se
réunirait sur le champ de foire d'Ambérieu pour se mettre
en route vers Saint-Rambert.

Au jour fixé, ils étaient une soixantaine venus de
toute la région voisine, la plupart âgés de plus de cinquante ans ou seulement de seize et de dix-sept ans, armés de mauvais fusils de chasse, même de simples bâtons,
mais courageux, exaltés de la foi patriotique. Ils étaient
là venus de tous les villages des environs, d'Ambronay,
où ils se rappelaient la tyrannie d'une antique abbaye bé-
nédictine, de Douvres et de Saint-Denis-le-Chosson, que
dominent encore de vieilles tours féodales, de Château-
Gaillard et de Saint-Maurice-de-Rémens, témoins des
antiques combats des Teutons et des légions romaines. A
côté d'eux, une dizaine de femmes, parmi lesquelles
Marie, que la mère Alamercery avait contrainte à suivre
son frère et qui fuyait moins les Autrichiens que la ré-
pugnante persécution de Delise — lequel rôdait sournoi-
sement aux environs du rassemblement patriotique comme
s'il méditait un mauvais coup. —

La mère Alamercery allait de l'un à l'autre, encourageant ces soldats improvisés, rappelant les glorieuses victoires qui avaient chassé Brunswick du sol français, remémorant les souvenirs des géants de 1792, promettant que, en 1814, comme au temps de la Convention, les volontaires repousseraient l'envahisseur.

La vaillante femme n'avait pas oublié le victorieux chant de guerre de l'armée du Rhin, ce chant de salut des Marseillais que le despotisme impérial avait effacé de tous les esprits et que, au moment où il s'agissait de sauver la France, on retrouvait, pour enflammer les cœurs pour rendre la foi à ceux qu'avait comprimés la tyrannie napoléonnienne, on reprenait avec amour comme une promesse de salut et de victoire en même temps qu'on décrochait les vieux fusils rouillés des hautes cheminées des chaumières enfumées.

Les fusils étaient vieux et rouillés ; mais le chant était resté éternellement jeune et vivant et ses accents lyriques versaient dans toutes les âmes l'ardeur qui envolait à la victoire les soldats de Hoche et de Marceau. Le chant glorieux, les vieillards de la petite troupe le retrouvaient au fond de leur mémoire par lambeaux ; les jeunes qui ne l'avaient jamais entendu depuis les dix-huit années qu'il était banni des cérémonies publiques l'apprenaient avec l'émotion de la sublime révélation. Tous pleuraient en écoutant et en cherchant à retenir les merveilleux couplets que la mère du martyr du *Vengeur* récitait avec l'enthousiasme du plus ardent patriotisme.

Benoît Bozonnet avait montré un tel zèle dans l'organisation de la petite troupe que tous, d'un commun accord, l'avaient choisi pour diriger leurs pas jusqu'à Saint-Rambert.

Marie se jeta en pleurant dans les bras de la mère Alamercery : « Courage ! » dit la vieille femme.

Benoît leva son épée — une vieille épée rapportée des guerres de Vendée par un ancien lieutenant de chasseurs, qui avait combattu à Quiberon et jeté dans la mer émigrés et Anglais, vieille épée conservée en panoplie chez la fille du vieil officier, épée qu'on n'avait jamais cru voir res-servir. —

Et la petite troupe s'ébranla.

> Allons, enfants de la Patrie,
> Le jour de gloire est arrivé ;
> Contre nous de la tyrannie
> L'étendard sanglant est levé !

Les murs de la vieille petite ville étaient à nouveau secoués par ces mâles accents endormis depuis si long-temps et que, pour le malheur de la France, avait étouffé le canon de Wagram, d'Eylau et de la Moskowa ! L'écho semblait se réveiller à l'air vibrant des vainqueurs de Watignies.

CHAPITRE IV

Arpin-Gonnet dit *Bécot* était un ancien soldat des armées de la République. Enrôlé volontaire sur l'autel de la Patrie en 1793, il avait fait les campagnes de Belgique et du Rhin. Il s'était battu sous Landau, sous les ordres de Hoche, à côté de Saint-Just envoyé par le comité le Salut Public ; toujours aux côtés de Saint-Just, il avait pris part à la victoire de Fleurus ; il avait gagné au contact du jeune jacobin une foi républicaine exaltée, qui n'avait fait que consolider son enthousiasme des premières heures de la Révolution. A Louvain, sous Jourdan, en luttant contre les Autrichiens, il avait eu une jambe emportée par un boulet : cela lui avait encré une haine profonde contre les soldats du Kaiserlick. Revenu impotent à Paris, lui le glorieux blessé des armées de la patrie, il s'était vu un jour, après le 9 thermidor, assailli lâchement par une dizaine de *muscadins* royalistes, qui poursuivaient partout dans les rues de la capitale les habits bleus des soldats de la République, ne s'attaquant aux invalides eux-mêmes que lorsqu'ils étaient dix contre un : roué de coups des grosses cannes tordues de ces lâches agresseurs de la *jeunesse dorée*, il n'avait dû la vie qu'à l'arrivée soudaine d'un brave boulanger, dont la seule apparition avait mis en fuite la bande des *collets noirs* : Bécot avait achevé de prendre dans cette aventure la haine des rois et des nobles. Comme tous ceux qui avaient souffert à l'époque conventionnelle, comme tous ceux qui s'étaient sacrifiés pour la République, comme la mère Alamercery, — la souffrance est la plus solide base de l'amour, son plus inaltérable lien, — il avait conservé au fond du cœur le culte de la liberté, des grandes et généreuses idées des hommes de la Gironde et de la Montagne, confondant dans la même pensée soldats et hommes d'Etat, hommes de droite et hommes de gauche, Hoche et Camille Desmoulins, Vergniaud et Marceau, Danton et Saint-Just, ayant gravée au cœur cette image de la République casquée du bonnet phrygien, qui avait été le symbole de la plus grande épopée de notre histoire nationale.

Il était venu se retirer, ne pouvant plus combattre, dans son petit village natal de Torcieu. Là venaient résonner à son oreille les nouvelles des victoires de ses anciens compagnons d'armes et son cœur travaillait d'aise à l'annonce de Marengo, de Rivoli, d'Austerlitz, de Friedland ; mais il ne pouvait comprendre certaines choses, les causes de ces guerres lointaines quand la France n'était pas menacée, ces guerres pour la conquête des peuples quand jadis lui et ses héroïques compagnons n'avaient combattu que pour les affranchir : une chose surtout le dépassait c'est quand il voyait d'anciens camarades, de ceux qui avaient lutté contre les tyrans, devenir ducs, princes, quand même ils ne devenaient pas rois : son bon sens ne comprenait plus.

Il se consolait de ce qu'il tenait pour des trahisons à la grande pensée patriotique en regardant pousser ses verts rameaux à l'arbre de la liberté planté au centre de son village. Cet arbre était le symbole éternellement vivant des choses qu'il aimait et qui paraissaient mortes, la République, la liberté : c'était l'emblème pieux de sa religion.

Cet arbre, il avait aidé à le planter à l'automne de 1791 ; c'est même lui qui l'avait arraché avec quelques camara-

des au flanc du coteau des Abéanchcs et qui l'avait ap-
pcrté à Torcieu. Il se rappelait comme si c'était hier la
fête joyeuse où, au milieu des danses, les paysans avaient
fêté le jeune arbre qui, dans ses branchettes fragiles, leur
apportait la liberté, la fin de la tyrannie royale, féodale,
ecclésiastique, le règne de la justice, les bienfaits de l'é-
galité, le rêve sublime de la fraternité. La veille de ce
jour même, pour ne pas voir planter l'arbre sacré, deux
jeunes hobereaux de Torcien, M. Décrivieux et le comte
de Grandveyle étaient partis : ils avaient émigré : on ne
les reverrait plus. Bon voyage ! La République avait été
tuée ; la liberté avait disparu ; beaucoup de nobles étaient
rentrés en apprenant que la monarchie était restaurée
pour le plus grand profit d'un ancien soldat jacobin devenu empereur — M. Décrivieux et le comte de Grandveyle
n'étaient pas revenus : sans doute, ils avaient disparu
pour toujours, morts ou s'étaient faits définitivement
Russes, Prussiens ou Autrichiens ; — mais l'arbre lui
vivait, verdoyant à chaque printemps comme une éternelle espérance.

Et Bécot, chaque matin, venait sur la place publique, ap-
portant de l'eau dont il arrosait religieusement, comme en
une pieuse prière matinale, l'ormeau qui, depuis vingt-deux
ans, avaient puissamment grandi, qui, depuis 1791, avait
abrité de nombreux nids, et qui, au milieu de l'indifférence
de tous, restait aux yeux du vieux soldat le symbole éternellement jeune de l'éternelle liberté. Et Bécot passait
de longues heures assis sur un banc de pierre adossé à la
muraille d'une maison à regarder son arbre chéri.

Depuis quelques semaines, Bécot était profondément
attristé : les désastres de Russie , Leipsick , eh quoi !
les armées françaises n'étaient donc plus invincibles ?

4

Que lui avait-on dit que ces Prussiens, ces Autrichiens si souvent battus, chassés au-delà du Rhin avaient victorieusement franchi ce fleuve où sur les bords duquel ses camarades et lui avaient planté victorieusement le drapeau tricolore ?

Comment on disait que ces Prussiens marchaient triomphalement dans cette Champagne d'où jadis Kellermann et ses cannoniers les avaient repoussés en une heure ? C'était donc pour en arriver là que le général Bonaparte s'était fait empereur et avait fait tuer trois millions de soldats français à travers tous les champs de l'Europe ?

Son cœur avait failli se briser en apprenant que les Autrichiens étaient à Belley et qu'ils s'étaient emparés de Bourg. Les Autrichiens ! et ils pensaient avec plus de rage à sa vieille blessure, à sa jambe perdue sous les murs de Louvain.

Et Bécot passait de longues heures, silencieux, sombre, quelquefois pleurant de douloureuses larmes, sur le banc de pierre adossé à la petite maison, en face de l'arbre de la liberté, promesse vivace de l'éternité du droit et de la liberté.

> Tremblez, tyrans, et vous, perfides,
> L'opprobre de tous les partis !
> Tremblez, vos projets parricides
> Vont enfin recevoir leur prix.

Ces accents ont retenti ; ils viennent secourir Bécot dans sa torpeur. Il croit rêver ; sa tête est égarée. La *Marseillaise* ! La vieille *Marseillaise* ! Le chant de Landau, de Fleurus, de l'armée de Sambre-et-Meuse, le chant de Louvain ! Mais non, ce chant est mort ; il a été condamné par l'empereur : depuis quinze ans, on ne le chante plus ; tout le monde l'a oublié, personne ne le sait plus !

> Que veut cette horde barbare
> De rois, de traîtres conjurés...

Mais si, c'est bien lui le chant sacré, mais non ce n'est pas un rêve, ce sont bien des voix françaises qui ont entonné l'immortelle *Marseillaise*. Les voix viennent du côté des Balmettes ; elles se rapprochent, montant l'étroite gorge de l'Albarine :

> Aux armes ! citoyens, formez vos bataillons ;
> Marchons, marchons,
> Qu'un sang impur abreuve nos sillons!

Bécot est debout, les yeux pleins de larmes, frémissant. La *Marseillaise* !

Sur la place du village débouche la troupe : ce sont les gens d'Ambérieu qui vont s'enrôler dans les rangs de la garde nationale de Saint-Rambert, Benoît Bozonnet en tête. Emu, stupéfait, Bécot se croit revenu aux beaux et glorieux jours de 1793 ; c'est la sublime vision du passé, des volontaires de la grande époque, qui repasse devant ses yeux extasiés.

Les bras levés, le vieux soldat, tressaillant encore une fois de la vieille flamme du passé, salue frénétiquement les amis dont la voix redit les accents aimés des victoires de jadis. Il embrasse Benoît Bozonnet et bénit du fond de l'âme les jeunes gens en l'enthousiasme desquels il revit ses belles années, celles de Fleurus et de Landau.

La petite troupe s'arrête une heure sur la place de Torcieu : tous se pressent auprès d'elle, lui apportent le vin des grangeons pour réchauffer les soldats-paysans. Puis elle se remet en route, toujours en chantant l'air de guerre :

Amour sacré de la patrie,
Conduis, soutiens nos bras vengeurs!
Liberté, liberté chérie,
Combats avec tes défenseurs.

Et, à travers les grandes châtaigneraies, les étroites prairies où se dressent les branches des noyers séculaires, le long de la douce Albarine, qui accompagne de la murmurante mélodie de ses cascatelles brillantes le chant de guerre, à travers les rochers à pic qui surplombent le vallon, d'écho en écho, de roc en roc sonnent les mâles accents de l'hymne de Rouget de l'Isle, semblant éveiller tout ce passé disparu, semblant à travers les ressources des grands arbres et les pointes arides des rochers faire passer l'âme même de la patrie — l'âme de la grande patrie républicaine. —

Le long de la route, à chaque coin du chemin, c'est quelque paysan venu d'un des villages de la plaine, de Bettan ou de Serrières ou descendu d'un des hameaux de la montagne, de Montferrand, de l'Abergement-de-Varey, des Allymes, qui, sur l'épaule un mauvais fusil ou une hâche de bucheron, vient se joindre à la vaillante petite troupe. Quelques-uns, venus à travers les abrupts rochers, des maisonnettes perdues du mont Luisandre, du pauvre hameau de Brédevent, à la barbe rousse, hirsutes, semblent de purs burgondes, de sauvages compagnons du roi de Gondebaud.

Là-bas, au fond de la gorge, du côté d'Ambérieu, en cette courte journée d'hiver, le soleil se couche en de rouges rayons, en ce fauve horizon où la lumière se joue étincelante à travers l'atmosphère chargée des brumes surgissantes des étangs de la Dombes.

Et la petite troupe continuait sa route, frappant vivement le sol glacé, sur lequel résonnaient les sabots des paysans d'Ambérieu.

Et le crépuscule ombrait la terre : la délicate silhouette des arbres dépourvus de feuilles barrant le couchant se reflétait en lignes sombres dans les lones tranquilles où se mirait le ciel bleu — avec son bleu profond et froid de mars, — que rougissaient à l'horizon les derniers feux du soleil disparu ; et l'Albarine grise sous ses courts arbrisseaux avait un murmure plus doux, qui semblait s'éteindre avec la lumière du jour. ...

A la nuit tombante, la petite troupe arrivait à Saint-Rambert, où le capitaine Juvanon et toute la garde nationale, celle improvisée depuis huit jours, où toute la population, les femmes, les enfants attendaient les vaillants camarades du canton d'Ambérieu. Poignées de mains, embrassades, c'était la joie à la veille du combat.

CHAPITRE V

« Les Autrichiens ! Les Cosaques ! »

Ce cri a retenti à Ambérieu et a semé la terreur dans la petite ville.

Les Autrichiens passaient encore pour gens civilisés, bien que, sur leur chemin, ils ne se gênassent pas pour faire flamber les fermes ; mais les Cosaques ! Ah ! eux c'étaient des barbares sans foi, ni loi, égorgeant, brûlant et pillant autant qu'ils pouvaient. L'empereur Alexandre, ce prétendu allié de Napoléon, pour la vaine recherche de l'amitié duquel Napoléon avait sacrifié la Pologne et les vrais intérêts de la France, l'empereur Alexandre avait prêté à son « frère », l'empereur d'Autriche, quelques sotnias de ces farouches Cosaques pour éclairer son armée : — et ces Cosaques rendaient aux soldats de Bubna le service de terroriser les populations. — C'était le pillage fait soldat.

Pour ces cavaliers sauvages tout était bon à prendre, tout était occasion à rapine. En entrant à Bourg, alors que, en escadron, précédant l'armée autrichienne, ils pénétraient dans la ville, sur les rangs, l'un d'eux, avisant le manteau bleu flottant — comme on les portait à l'époque — d'un brave bourgeois, ne l'avait-il pas cueilli avec sa lance passée dans l'anneau de l'agrafe, au vol pour ainsi dire, sur les épaules de son propriétaire !

« Les Autrichiens ! Les Cosaques ! »

A ce cri, les habitants s'étaient enfuis vers la montagne, emportant tout ce qu'ils pouvaient emporter et emmenant avec eux leurs chèvres, les seuls bestiaux qu'ils possédassent à cette époque.

Les Cosaques ! Ils arrivaient, en effet, au trot de leurs petits chevaux de l'Ukraine, sales, dégoûtants, aux longs cheveux poisseux, la tête couverte du lourd bonnet d'astrakan, tenant à la main leur longue lance ; ils arrivaient, grands, forts, taillés en hercules, le visage allumé aux pommettes, saillantes et rouges — celles du Kalmouck ; — ils arrivaient du côté de Bourg et ils étaient déjà à Tiret, lieu qui au nord touchait Ambérieu, le commencement même de la petite ville.

A leur tête galopait un officier.

Ah ! certes, ils étaient bien tranquilles : ils arrivaient en éclaireurs, mais ils paraissaient bien sûrs de ne rencontrer aucune résistance : tout était calme, silencieux, presque mort.

A gauche du chemin, de drus noyers dressaient leurs branches ; au-dessous des arbrisseaux desséchés, à travers les branches desquels on apercevait les champs à cent mètres ; nulle embuscade n'était possible.

Plus loin, cependant, entre deux énormes noyers, un pan de mur à moitié démoli ; mais un seul homme à peine eût-il pu s'y cacher.

Officier et cosaques avançaient donc trottinant, au petit trot de leurs petits chevaux d'Ukraine, parfaitement tranquilles, jouissant d'une quiétude complète.

Tout à coup, de derrière le petit mur, surgit une forme humaine, un coup de feu et l'officier de Cosaques frappé au cœur roule à terre.

Une femme est debout, rechargeant son arme ; avant que les Cosaques eussent eu le temps de revenir de leur stupeur, elle a eu le temps d'ajuster encore une fois son fusil et un Cosaque est encore tombé de cheval mortellement frappé.

Des Cosaques se sont déjà précipités, lance au poing, contre l'héroïque femme, qui meurt la poitrine transpercée de dix lances à la fois, qui succombe, en martyr, pour la patrie, comme son fils avait succombé jadis pour la patrie et la République sur le pont démâté du *Vengeur*.

Et devant le cadavre à cheveux blancs de la mère Alamercery, les Cosaques stupéfaits, leurs lances sanglantes abaissées, se demandaient avec une sorte d'effroi, en leur obtuse intelligence, quel était le peuple qui pouvait avoir de telles héroïnes.

CHAPITRE VI

Cependant Juvanon et ses officiers avaient mis à profit les quelques jours qui s'étaient écoulés avant l'arrivée des Autrichiens à Ambérieu. Les nouvelles recrues avaient été incorporées dans les rangs de la garde nationale, et, malgré ses dix-sept ans, Benoît Bozonnet, dont tous avaient admiré le zèle et la vive intelligence, avait été nommé adjudant.

Le capitaine Juvanon avait promptement observé que le seul lieu, où sa petite armée, — ses cent cinquante gardes nationaux, — pourrait utilement se mesurer avec les troupes autrichiennes, c'était la gorge des Balmettes, au point le plus étroit de la vallée, où l'ennemi, eût-il dix mille hommes, ne pourrait, vu l'étranglement des rochers, profiter de sa force numérique.

Malgré la force de sa situation, ses gardes nationaux inexpérimentés n'auraient pu tenir : aussi Juvanon demande-t-il aide à Garbé qui, malgré les difficultés de la lutte qu'il soutient, lui envoie cinquante hommes, sous les ordres du lieutenant Durbec, pour encadrer les soldats improvisés de Saint-Rambert et d'Ambérieu.

Durant la nuit du 15 au 16 mars, gardes nationaux et soldats du lieutenant Durbec, sous la direction du capitaine Juvanon, creusèrent dans la gorge large d'environ quatre cents mètres, entre le rocher Fort Chauchat et le rocher des Balmettes, une large tranchée derrière laquelle ils s'établirent ainsi que dans les bois environnants. Une grotte était creusée dans le rocher à quarante mètres de la gorge : un étroit sentier seul y conduisait : c'est là que les officiers se portèrent pour diriger l'action.

Une seconde tranchée fut ouverte sur la route nationele qui serpentait au fond de la vallée : elle fut ouverte entre les villages de Montferrand et de Serrières, au Pont-de-la Doit.

Les femmes de Saint-Rambert et des villages de la vallée étaient chargées de ravitailler la petite troupe et, durant les quinze jours que se poursuivirent les hostilités, elles remplirent leur tâche avec un zèle admirable.

Bécot se croyait revenu au temps de Landau : plus ardent que tous ses camarades, aussi alerte que les jeunes malgré sa jambe de bois, il allait, armé d'un vieux fusil, à travers les sentiers de la montagne, en éclaireur, cherchant à apercevoir de loin les habits blancs, les uniformes maudits des soldats autrichiens. A cause de son infirmité, il n'avait point été enrôlé dans les rangs de la garde nationale : il se trouvait donc absolument libre de ses actes.

Le 16 mars, vers les deux heures de l'après-midi, Bécot était à son poste d'observation : tout à coup, à une centaine de mètres devant lui, surgirent deux cavaliers : leur uniforme, c'était l'uniforme bien connu, l'uniforme bleu et blanc sur lequel il avait tiré si souvent vingt ans auparavant. Le vieux soldat pâlit d'émotion : et, hâtivement, il épaula et fit feu. Les deux cavaliers surpris, pensant être tombés dans une embuscade, tournèrent bride et s'enfuirent de toute la rapidité de leurs chevaux.

L'alerte était donnée : l'attaque prochaine devait être attendue.

Le 17 au matin, Benoît, qui était chargé de veiller avec une dizaine de soldats à cent mètres en avant de la tranchée, aperçut des pelotons autrichiens s'avancer le long de la route et se glisser à travers les vourgines de l'Albarine : il se replia sur la tranchée. Le signal donné, soldats et gardes nationaux se préparèrent à repousser l'attaque de l'ennemi.

Pris à gauche par le rocher abrupt, exposés dans le vallon soit sur la route dépouillée d'arbres, soit sur les graviers de la rivière, que les buissons encore sans feuilles ne masquaient pas, les Autrichiens avançaient à découvert, exposés aux balles des nôtres abrités derrière des rochers et derrière le talus de la tranchée.

D'un autre côté, l'étroitesse de la gorge ne leur permettait pas de développer un long front de troupes. Le capitaine Juvanon avait décidément admirablement pris ses positions.

Les fantassins autrichiens pouvaient cependant, grâce au coude de la route et à la sinuosité de la vallée, s'approcher assez près de la tranchée sans être vus ; mais, dès que leur premier rang eût tourné le détour du chemin, ils furent accueillis par une vive fusillade, qui fit dans leur troupe des vides profonds.

Leurs officiers voulurent les entraîner à la baïonnette, mais, une seconde décharge ayant décimé les premiers assaillants, leur chef crut plus prudent de leur faire battre en retraite.

Leur recul fut salué de cris d'enthousiasme des nôtres.

Abrité derrière un rocher surplombant la route et la rivière, à quelques pas en avant de la tranchée, Bécot était embusqué. Il était furieux d'avoir, la veille, en sa précipitation, manqué les cavaliers autrichiens que le hasard avait conduits à la portée de son fusil : il avait résolu de prendre sa revanche. Lentement, tout à son aise,

il épaula : comme point de mire il avait pris un officier
autrichien, à cheval, qui, au bord de l'Albarine, essayait
de rallier ses soldats, dont la fuite leur paraissait trop
hâtive. Un coup de feu : l'officier blessé au bras gauche
jeta son poing droit menaçant du côté des Français comme pour jurer de se venger. Cet officier était le colonel
Rittermann, celui-là même qui dirigeait l'attaque.

Le soir, au quartier général, les officiers autrichiens
comprenant la faute par eux commise en attaquant la
tranchée de front, en masses profondes, résolurent de
changer de tactique. Rittermann, furieux de sa blessure,
voulait l'attaque violente, l'assaut ; mais ses collègues
plus prudents lui firent comprendre que des escarmou-
ches continuelles dirigées par des tirailleurs lasseraient
les Français, soldats improvisés, gardes nationaux, paysans et bourgeois peu entraînés aux fatigues de la guerre
et qui, par ce froid mois de mars, avec la pluie qui tombait chaque jour, sans autre abri que les anfractuosités
des rochers, devaient monter la garde derrière leurs
tranchées.

En vertu de ce plan, chaque jour, deux cents fusilliers
autrichiens, clairsemés le long de la route et sur le bord
de la rivière, venaient faire le coup de feu contre les
Français, préparant ainsi l'heure où dans une surprise
on pourrait enlever la tranchée par un hardi coup de
main.

Les nôtres ripostaient à l'ennemi, mais tandis que les
balles autrichiennes s'aplatissaient inutilement contre les
rochers, les balles françaises démontaient fréquemment
quelque habit blanc trop à découvert dans la plaine. De
nombreux cadavres de soldats autrichiens jonchaient,

chaque jour, les bords de l'Albarine, bien que nos gardes nationaux fussent des tireurs assez peu expérimentés.

Cette fusillade était devenue une sorte de jeu pour nos paysans : ils venaient des hameaux voisins, les uns après les autres, se joignaient aux gardes de Juvanon et aux soldats de Durbec et, après avoir abattu leur Autrichien, retournaient dans leurs demeures.

Garbé venait d'envoyer, du reste, à Juvanon encore une quinzaine d'hommes sous la conduite du capitaine de Balthazar. Celui-ci, en chemin, avait entraîné tous les gardes nationaux des localités de la vallée et avait amené ainsi des renforts relativement importants aux vaillants défenseurs des Balmettes.

Cependant les officiers autrichiens se lassaient de cette longue résistance, de l'inutilité de l'attaque de leurs tirailleurs. Ils étaient surpris de la ténacité des paysans qui tenaient ainsi tête à leurs soldats.

Rittermann surtout, à peu près guéri de sa blessure, mais toujours en rage contre ceux de qui il l'avait reçue, avait hâte d'en finir.

Plus audacieux, plus ardent que ses camarades, un matin, le colonel Rittermann prit avec lui quatre soldats et à pied se dirigea vers la tranchée pour faire une reconnaissance et chercher le point par où ses troupes pourraient passer pour enlever la tranchée.

Le poste avancé des nôtres était commandé par le nommé Pierre Gabrion. Enseignés par Bécot, nos hommes avaient pour principe de toujours viser de préférence les officiers.

Quand Ritterman et ses quatre soldats se furent avancés, une décharge très vive les accueillit : les quatre soldats dont pas un n'avait été atteint, prirent bravement

la fuite : le colonel était à terre frappé de treize balles —
les conseils de Bécot avaient été suivis : — avant de mou-
rir Rittermann, se redressant dans son grand manteau
bleu, avait encore eu le temps de crier à ses lâches soldats
qui fuyaient de venger sa mort en brûlant Saint-Rambert.
— C'était, du reste, dans les usages des Antrichiens :
quelques jours auparavant, les paysans bugistes de Maillat et de la Combe-du-Val ayant attaqué leur arrière-
garde en marche sur Saint-Claude, et ayant été vaincus,
écrasés par le nombre, les Autrichiens s'étaient vengés de
cette résistance en brûlant le village de Maillat. —

Quoi qu'il en soit, la mort du colonel Rittermann avait
mis en fureur l'état-major autrichien qui, se départissant
de sa prudence ordinaire, résolut de livrer un combat su-
prême et d'enlever enfin cette pauvre redoute qui lui bar-
rait la route et derrière laquelle il croyait qu'il n'y avait
que des paysans et des gardes-nationaux.

Les deux mille fantassins autrichiens s'avancèrent au
pas de charge et en masse profonde contre la tranchée
des Balmettes : encouragés par leurs chefs, ils ne cessè-
rent d'avancer malgré la fusillade dirigée contre eux ; mais,
arrivés à trente mètres du talus, le désordre se mit dans
leurs rangs décimés : à ce moment, les soldats de Balthazar et de Durbec, les gardes-nationaux de Juvanon s'élan-
cèrent de derrière leur redoute improvisée et se précipi-
tèrent sur l'ennemi.

Ce fut alors une débandade générale : les Autrichiens
se mirent à fuir à toutes jambes dans un désordre inex-
pressible, poursuivis, l'épée dans les reins, à travers les
champs, à travers les rues du village de Saint-Germain,
par nos braves soldats jusqu'aux portes d'Ambérieu.

Là nos hommes durent s'arrêter : Juvanon, Durbec et

Balthazar constatèrent qu'ils n'avaient que cent cinquante hommes avec eux, tandis que, en face d'eux, les quinze cents Autrichiens débandés se reformaient et que, au loin, accouraient à leur secours les Cosaques et les dragons campés à Tirel, dont on entendait le galop de leurs chevaux.

Quelques blessés, pas un seul mort : tel était de notre côté le bilan de la journée.

Le soir, il y eut grande joie à Torcieu, à Saint-Rambert, derrière la tranchée. On fêtait les braves qui avaient si héroïquement vaincu.

CHAPITRE VII

Delise était resté à Saint-Germain, roulant toujours dans sa tête les plus noirs projets dans le but de conquérir Marie.

Il le savait, Jacques était vivant : une lettre interceptée par lui, depuis que la jeune fille s'était retirée à Saint-Rambert, interceptée grâce à la facile complicité des Autrichiens, avec lesquels il s'était lié d'amitié, lui avait appris que le fiancé de Marie avait été fait — en ce temps où les grades s'enlevaient jour par jour — lieutenant après le combat de Méry-sur-Seine, où, sous les ordres du général Letord, il avait franchi le fleuve sous les balles prussiennes.

Napoléon définitivement vaincu, la guerre, allait finir et si Jacques revenait à Saint-Germain, c'était fini des projets de Delise. Delise le comprenait à merveille et il se demandait par quels moyens il pourrait arriver à brusquer un dénouement qu'il désirait.

En se promenant, il s'était un jour heurté à un bivouac de Cosaques à Tiret ; il y avait parmi eux un ancien soldat de la Grande Armée, d'origine badoise, qui avait été comme ses camarades entrainé par Napoléon dans les steppes de la Russie ; fait prisonnier à la suite de la retraite de Moscou, Karl Immer — c'était son nom — était resté parmi les Cosaques et comme tant de ses compatriotes, comme tous ses compatriotes après Leipsick, il s'était tourné contre la France. Il parlait tant bien que mal le français. Ce fut lui qui servit d'interprète entre Delise et les Cosaques.

Ces derniers, sauvages, féroces en leur barbarie, avaient cependant les qualités qui se retrouvent chez les peuples primitifs : ils étaient hospitaliers.

Delise fut bien accueilli à leur bivouac, où, eux, les enfants des froides steppes dénudées de la Russie, extasiés devant les campagnes de France, ils vantaient notre pays, nos villages, notre climat, exprimant le désir de rester toujours à Tiret.

Delise se lia surtout d'amitié avec le chef de l'escouade, Nikita.

Le soir du formidable échec infligé par les défenseurs des Balmettes aux Autrichiens, Karl Immer expliqua à Delise que Nikita racontait en gesticulant à ses camarades que les officiers quoique découragés, mais furieux en leur défaite, s'apprêtaient à tenter un nouvel assaut.

— Ils n'y arriveront jamais par ce moyen, dit Delise.

— Et comment alors, fit Karl Immer ?

— En les tournant par la montagne : c'est le seul moyen d'arriver à s'emparer des Balmettes et d'en finir avec les gardes nationaux.

— Connais-tu le chemin ?

— Non ; mais on pourrait le trouver et vous y faire conduire.

La pensée de la trahison avait germé subitement dans son esprit avec tout un plan : Benoît Bozonnet frappé, Marie seule au monde, abandonnée par conséquent à toutes ses entreprises.

Une heure après, grâce à Nikita, la conversation était rapportée au colonel autrichien qui commandait en chef.

Faire venir Delise au quartier général, l'interroger, s'entendre avec lui fut l'affaire d'un instant.

Delise promit de faire guider les troupes autrichiennes à travers la montagne pour tourner le poste français et s'emparer ainsi des Balmettes.

Delise ignorait les sentiers ; mais il savait à qui il pouvait s'adresser.

Au hameau de Vareilles, au bord du petit ruisseau du Gardon, près d'Ambérieu, vivait un chevrier du nom de Jean Blanc ; dans une misère sordide, faible d'esprit et connaissant admirablement la montagne, où il eut pu aller, les yeux fermés, c'était l'homme qu'il fallait.

Delise alla le trouver et le misérable, en sa faible intelligence, ébloui par l'or qu'on lui montrait, consentit moyennant trente francs, à conduire les Autrichiens à travers les sentiers de la montagne pour tourner les Balmettes.

Le soir même, le plan fut mis à exécution.

Un millier de fantassins autrichiens se formèrent en colonne.

Deux cents autres se préparèrent à aller au matin tirailler dans la plaine de l'Albarine pour détourner l'attention des soldats français : derrière, les cavaliers et les

Cosaques s'apprêtèrent à foncer sur la tranchée une fois qu'elle aurait été tournée.

Le plan était admirablement conçu.

A minuit, la colonne se mit en marche, ayant en tête Jean Blanc entre deux sous-officiers armés de pistolets, prêts à lui brûler la cervelle, s'il les trompait et s'il les faisait tomber dans une embuscade.

Ils passèrent dans le hameau de Vareilles et remontèrent les bords du Gardon, du petit ruisseau qui contourne le mont où s'élève le château de Saint-Germain, — un ruisseau sur les bords duquel, au IXe siècle, s'il faut en croire la légende, le diable tenta, au milieu de ses religieuses méditations, Saint Bernard, le pieux fondateur de l'abbaye d'Ambronay. —

En face, noirs les coteaux du Mont-Charvey, couverts de bois taillis, à pic; à gauche, les coteaux chargés de vignes; au fond, le Gardon murmurant en se précipitant à travers ses cailloux; à droite, abrupte la pente où se dessinaient les orgueilleuses ruines du château de Saint-Germain, à travers lesquelles se jouaient les rayons de la lune, brillante en cette froide nuit de l'avril commençant : un décor de féerie merveilleuse, avec cette longue théorie des blancs uniformes sillonnant la gorge comme une seconde rivière à côté du Gardon.

Au matin, la colonne malheureusement trop bien conduite était au sommet de la montagne, bien à l'ouest des Balmettes, pouvant prendre à revers les vaillants soldats français.

Une brume épaisse s'était élevée masquant le fond de la vallée, se déchirant parfois pour laisser voir les seules ruines du château passant noires, fantastiques dans la chevauchée blanche du brouillard. Seulement, on entendait au loin, dans le fond de la vallée, les coups de feu qui annonçaient que les tirailleurs avaient commencé la manœuvre qui devait entièrement absorber l'attention des soldats français du côté de l'Albarine. Tout semblait aller à souhait . . . .

Ce matin là, Pierre Barbarin, qui, chaque jour, était allé avec son fusil sur la tranchée tirer quelques Autrichiens, flairant une belle journée du printemps à son aurore, avait résolu d'aller travailler sa vigne. Sa pioche sur l'épaule, en compagnie de son vieux père et traînant son fils âgé de quatre ans, il avait quitté avant l'aube sa maisonnette de Torcieu.

Il piochait ferme vers les sept heures du matin quand son oreille habituée à tous les bruits de la montagne, crut percevoir un bruit inaccoutumé, étrange. Des yeux, il chercha à percer la brume ; mais la brume était trop épaisse.

Cependant le bruit se rapprochait toujours ; tout à coup, dans la déchirée du brouillard, à cinquante mètres, il aperçut les uniformes bleus et blancs.

Saisir son fils, le mettre sur ses épaules, courir pour aller avertir les nôtres fut pour Barbarin l'affaire d'un instant. Le brouillard heureusement le masquait aux yeux des Autrichiens, car sa présence leur avait été signalée par les cris de son enfant, qui voulait à tout prix aller reprendre son sabot tombé dans la précipitation de la fuite.

Quelques coups de feu tirés au hasard par les Autrichiens ; mais Barbarin roulant la montagne était arrivé aux Balmettes.

Donner l'alerte ; en un instant soldats et gardes-nationaux sont prêts : dans l'impossibilité de lutter, poignée d'hommes, à découvert, contre les troupes autrichiennes qui les prennent à revers, maudissant indignés la trahison qu'ils devinent, ils battent en retraite sur Saint-Rambert, où ils comptent bien organiser une nouvelle résistance.

Les Autrichiens ont trouvé dans la vigne le père de Barbarin, auquel son âge avait empêché de fuir : furieux d'avoir été découverts, ils veulent se venger sur ce vieillard. Un officier surtout brûle du désir de faire cette exécution :

— Monsieur le comte, s'écrie le père Barbarin ahuri !

C'était, en effet, le comte de Grandveyle, l'ancien émigré de 1791, incorporé depuis plus de vingt ans dans l'armée autrichienne, combattant dans ses rangs sur tous les champs de bataille les soldats de la France, et revenant, après cette longue absence, dans son pays avec les envahisseurs. Les alliés avaient eu soin de placer ces émigrés dans chacun des corps qui devaient envahir la région de la France d'où il étaient sortis et où ils pouvaient utilement guider l'ennemi. C'est ainsi que le comte de Grandveyle avait été placé dans le corps autrichien chargé d'occuper Ambérieu et Saint-Rambert. Quant à l'autre émigré de la vallée de l'Albarine, Décrivieux, on savait déjà qu'il était l'aide-de-camp du général de Bubna, placé auprès de lui pour lui donner tous les renseignements utiles sur le département de l'Ain.

— Ah ! tu me reconnais, s'écria le comte. Eh bien ! c'est fini le temps de la révolte.

Et, en allemand, il donna à ses soldats l'ordre d'attacher le vieillard à un arbre et de le fusiller.

Heureusement, le commandant de la colonne intervint : il reprocha avec indignation sa lâche conduite à l'officier

émigré, fit détacher le vieillard, le laissa en liberté, dé-
clarant que ce qu'il fallait faire avant tout c'était de
dévaler vers la plaine pour couper la retraite aux Français.

Il était trop tard. En arrivant aux Balmettes, en face
de ces fortifications primitives, qui les avaient arrêté depuis quinze jours, les Autrichiens ne se trouvèrent qu'en
face de leurs camarades, qui continuaient à tirailler sur
les bords de l'Albarine en s'étonnant quelque peu qu'on ne
leur répondit pas, mais flairant quelque nouvelle surprise.

CHAPITRE VIII

Le petit village de Torcieu était occupé par les troupes autrichiennes : Nikita et ses Cosaques y bivouaquaient sur la place publique au pied de l'arbre de la
liberté, tandis que leurs camarades à habits blancs
avaient envahi les maisons.

Bécot consterné pleurait à cette honte et il regardait,
la rage au cœur, les branches commençant à bourgeonner
de son ormeau chéri servant d'appui aux lances des Cosaques. Fleurus, Landau, Louvain ! Glorieux souvenirs
des armées de la République, où étiez-vous ?

Fort du récent exemple de Maillat incendié et confor-
mément à tous les usages suivis par les Autrichiens, durant cette invasion, contre les villages qui avaient ré-
sisté, le comte de Grandveyle, dans l'âpre désir d'assou-
vir une vieille haine de vingt ans, avait fait décider que
le village de Torcieu serait entièrement brûlé. Du reste,
le cri de vengeance de Rittermann mourant ne devait-il
pas être entendu ?

Déjà les torches étaient prêtes aux mains des Cosaques et des Autrichiens : Torcieu allait flamber comme Maillat, ses habitants étant coupables du même crime, la défense du sol sacré de la patrie.

Les habitants consternés imploraient en vain les officiers autrichiens : ceux-ci poussés par le comte de Grandveyle avaient hâte d'en finir et de se venger sur le pauvre village de l'héroïque défense des Balmettes.

Le commandant en chef, plus humain que ses sous-ordres, ébranlé par les larmes qu'il voyait couler, consentit toutefois à s'en rapporter à la décision du comte de Bubna, lequel avait établi à Bourg son quartier général.

Fureur du comte de Grandveyle qui voyait retarder l'heure de sa vengeance contre ses anciens vassaux qu'il rendait responsables tout à la fois de son exil et de l'œuvre entière de la Révolution.

Deux notables partirent immédiatement pour Bourg : le comte de Bubna se refusa d'abord à les recevoir : ils implorèrent son aide de camp Décrivieux, leur compatriote, qui, retrouvant au fond de son cœur les vieux souvenirs du village natal, consentit à intercéder et arracha au général autrichien la grâce de Torcieu : le pauvre village serait sauvé des flammes.

Pendant que, à Bourg, se décidait ainsi le sort de Torcieu, Cosaques et Autrichiens continuaient à s'installer dans le village, pillant les maisons et molestant les gens, encouragés par le comte de Grandveyle, qui semblait décidément avoir une bien tenace vengeance à satisfaire.

Le comte, en passant sur la place, remarqua l'arbre de liberté, au pied duquel bivouaquaient les Cosaques :

— « Mais, c'est leur prétendu arbre de liberté, s'écria-

t-il en évoquant tout à coup de vieux souvenirs. Eh bien !
si le comte de Bubna n'a pas encore donné l'autorisation
de faire flamber le village, rien ne s'oppose en attendant
à ce que je fasse flamber leur arbre. »

Et vite, il ordonna aux Cosaques, joyeux d'un acte
malfaisant à remplir, d'apporter des fagots au pied de
l'arbre et d'y mettre le feu.

Bécot, qui était assis sur son banc de pierre, n'avait
d'abord rien compris à l'ordre donné par l'émigré : comment eût-il pu supposer un acte d'aussi stupide vanda-
lisme ? Mais quand il aperçut un Cosaque s'approcher
avec une torche des fagots résineux amoncelés, fou de
douleur, en voyant ainsi menacer l'autel, objet de son
culte unique, il se leva et se précipita vers l'arbre comme
pour le défendre.

Avant qu'on ait eu le temps de l'arrêter :

— « Lâche, misérable, traître », s'écria-t-il et avec sa
canne il coupa de deux violents coups la figure du comte
de Grandveyle.

Promptement remis de sa surprise, aveugle de colère,
le comte tira son sabre et en traversa la poitrine du vieux
soldat de Fleurus, lequel, ayant encore la force de pousser
son vieux cri de : « Vive la République ! » ce vieux cri
que les échos ne savaient plus répéter, — lequel alla rou-
ler sur les fagots amoncelés, la tête frappant l'arbre
vénéré.

— « Qu'ils brûlent ensemble ! » hurla le comte en es-
suyant sa figure sanguinolente.

Les flammes jaillissaient déjà et, en un monstrueux
autodafé, consumaient dans le même sacrifice et l'arbre
sacré et le dévot qui, toute sa vie, l'avait entouré d'un
culte religieux.

Autour du bûcher, les longues branches de l'arbre flambant et pétillant, leur passion sauvage satisfaite, les Cosaques dansaient une ronde barbare, en chantant un refrain au rhytme inconnu et étrange, — pendant que l'arbre charbonnait en une noire fumée autour de laquelle les oiseaux chassés de leur vert refuge voletaient avec des cris d'effroi et que, à terre, dans la cendre des fagots consumés, se brûlait en se recroquevillant le cadavre de l'infortuné Bécot.

Pendant qu'ils dansaient leur ronde infernale, Delise, qui, au loin, comme les hyènes suivent les grands carnassiers, avait suivi la troupe autrichienne cherchant à savoir ce qu'il était advenu des défenseurs des Balmettes et surtout de Benoît, Delise rôdait sur la place.

Nikita l'aperçut : il lui fit signe d'approcher et, quand il fut à portée de sa main, aidé d'un autre Cosaque, il le saisit solidement et le força à entrer dans la ronde, à sauter lui aussi autour du bûcher où se consumait un cadavre.

Il ne restait plus de l'arbre qu'un squelette noirci et du cadavre qu'un crâne et quelques ossements informes : les Cosaques avaient soif : la flamme, la ronde, tout y avait contribué.

Ils entraînèrent Delise, malgré le dégoût qu'il éprouvait de ses amis, dans une maison voisine et là obligèrent le propriétaire à leur apporter à boire.

Le vin du coteau de Torcieu était bon et les Cosaques étaient altérés : au bout d'une heure ils buvaient encore, mais tous étaient gris.

Idée d'ivrognes, dispute incompréhensible, tout à coup après s'être consultés en un langage que Delise ne comprenait pas, avec force éclats de rire, ils se saisirent de

leur compagnon, le mirent nu jusqu'à la ceinture, le dé-
pouillant de tous ses vêtements, sauf son pantalon : Delise se débattait en vain, mais vingt bras vigoureux l'im-
mobilisaient : il criait, appelait au secours ; mais nul ne
répondait à son appel.

On l'entraîna hors de la maison, sur la place, à deux
pas de l'endroit où il avait dansé une heure auparavant,
en face du cadavre carbonisé du brave Bécot : les Cosaques riaient toujours.

L'un d'eux alla détacher un de leurs chevaux qu'ils
avaient placés dans une écurie voisine : Nikita prit l'animal par la bride pendant que deux Cosaques attachaient
solidement Delise par les mains à la queue de l'animal.
Où voulaient-ils en venir ? Delise ne devinait pas, mais il
avait peur devant le rire de ces brutes. Et Karl Immer,
leur interprète, qui n'était pas là ! Impossible de se faire
comprendre, d'avoir une explication.

Il vit les Cosaques aller prendre leurs fusils : allaient-
ils le fusiller ? Non : chacun d'eux retirait seulement la
baguette servant à les charger et la secouait, l'essayant
comme d'une cravache.

Delise ne comprenait toujours pas : il ignorait cette
torture en usage dans l'armée russe : les Cosaques allaient
seulement, par manière de rire, infliger à ce Français,
qui avait eu la sottise de se lier avec eux et qui avait com-
mis le crime de trahir son pays, infliger à ce Français la
rude et dure punition qui servait si bien à maintenir la
discipline parmi les troupes du tsar.

Les Cosaques, chacun armé de sa baguette, se placèrent
sur deux lignes parallèles, à travers lesquelles devait passer le cheval traîné par Nikita et entraînant Delise.

Le voyage commença et au passage chaque Cosaque ap-

pliquait un vigoureux coup de baguette sur le dos nu de
Delise. Au premier coup, un cri auquel répondirent de
cruels éclats de rire : la peau était déchirée, le sang jail-
lissait ; mais Delise hurlant n'avait même pas le temps de
respirer, les coups tombaient et retombaient sans discon-
tinuer, plus durs, plus coupants.

Le voyage terminé, Nikita retourna le cheval et le
voyage reprit en sens inverse, les coups tombant sur ce
dos et ces reins qui n'étaient déjà plus qu'une plaie san-
glante.

S'arrêter, Delise ne pouvait : deux fois, il tomba, un
brusque saut du cheval lui disloqua les bras et les poi-
gnets, pendant que ses amis les Cosaques le relevaient de
vigoureux coups de pied dans les flancs.

Quatre fois le sinistre voyage recommença et les coups
ne cessaient pas : ils ne cessaient pas davantage que les
rires des bourreaux.

Le patient ne criait plus : il tomba lourdement à terre :
le cheval se cabra, les Cosaques distribuèrent leurs coups
de pied, Delise ne se relevait plus ; le cheval se cabra de
nouveau et, comme s'il eût eu pitié de l'infortuné, d'un
violent coup de sabot il lui fractura le crâne : le misérable se souleva ; un flot de sang jaillit de sa bouche ; puis
il retomba... ....

Juvanon, François Grange, Gustave Baron, Bourdin-
Grévy, Brucelin, Durbec et Benoît Bozonnet étaient réunis à l'hôtel-de-ville de Saint-Rambert, prenant toutes
les dispositions pour la défense de la petite cité contre
l'attaque certaine et prochaine des Autrichiens ; mais ils
ne se le dissimulaient pas, c'était là une lutte follement
héroïque et glorieusement inutile : Saint-Rambert était

une ville absolument ouverte et la position était loin
d'offrir les ressources de défense des Balmettes.

Cependant les jours se passaient et l'ennemi n'attaquait
pas. Quelques cavaliers étaient bien venus en éclaireurs,
mais ils s'étaient retirés en voyant une barricade élevée
par les soins de Juvanon à l'entrée de la petite cité.

Avertis par la longue action des Balmettes, les officiers
hésitaient à attaquer, en voyant que les soldats de Durbec
et les gardes nationaux de Juvanon étaient prêts à défendre Saint-Rambert comme ils avaient défendu Torcieu.

Cette hésitation sauva la petite ville. Quelques jours
après, on apprenait l'abdication de Napoléon, l'avénement
de Louis xviii rétabli sur son trône par les souverains
alliés. C'était la paix, la paix douloureuse, horrible ;
mais, la monarchie étant devenue le gouvernement légal
du pays, les paysans du Bugey n'avaient plus à lutter.

Pendant que le drapeau blanc était hissé au sommet du
vieux beffroi, les braves et héroïques défenseurs des Balmettes allèrent enfermer, en pleurant, dans une cachette,
d'où il devait sortir bientôt — après le retour de l'île
d'Elbe, — leur glorieux drapeau tricolore.

Garbé, le vaillant commandant de Pierre Châtel, rendit
à ces héros solennel hommage. « Dans cette occasion,
« écrit-il, la garde nationale commandée par M. Juvanon
« montra un courage et un sang-froid dignes des militai-
« res expérimentés ; elle put, par son intrépidité, préser-
« ver du pillage la ville de Saint-Rambert. » Et il parle
avec enthousiasme des « actes de courage des habitants
« du Bugey qui, sans guides et mal armés, attaquaient
« constamment les détachements ennemis et surtout la
« cavalerie ». — « Ils gardaient, ajoute-t-il, tous les
« passages, de sorte que l'ennemi n'osait se présenter

« avec de faibles détachements. Si le même esprit eut
« régné dans toute la France, il est incontestable que
« l'ennemi aurait eu beaucoup de peine à s'y maintenir. »

. . . .

C'était une belle après-midi de printemps, fin avril :
les Autrichiens et les Cosaques rappelés par Bubna avaient
pris la route de Grenoble, où le général autrichien mas-
sait ses troupes ; de Saint-Rambert à Ambérieu, on ne
voyait plus ni lances, ni habits blancs ; les villages endo-
loris commençaient à reprendre leur physionomie habi-
tuelle : le printemps chantait dans tous les buissons et à
travers l'herbe des prairies.

Benoît Bozonnet ramenait sa sœur de Saint-Rambert
à Saint-Germain par la route le long de l'Albarine, à travers le défilé des Balmettes : tous deux étaient angoissés,
lui au douloureux souvenir de la défaite, se rappelant ce
chemin parcouru cinq semaines auparavant avec l'enthousiasme soufflé par les notes ardentes de la *Marseillaise*,
elle à la pensée du fiancé peut être à jamais perdu.

Tout à coup, aux portes de Saint-Germain, venant à
eux en courant, un officier de voltigeurs se précipite :
— « Jacques ! » — « Marie ! »

Deux cris : c'était le fiancé tant attendu, revenant sain
et sauf des longues guerres, renvoyé dans ses foyers en
demi-solde comme ses camarades par le gouvernement du
roi.

C'était l'éternel amour rapportant l'âpre désir de vivre
et l'éternelle espérance.

Et autour d'eux, germinal jetait à foison la vie, l'amour
universel : les oiseaux chantaient dans les branches verdoyantes, les fleurs commençaient à poindre aux vertes

ramures des buissons : l'Albarine coulait plus murmurante sur ses blancs cailloux et sous ses vourgines parées
par avril. C'était la nature, éternellement jeune, éternellement réparatrice, couvrant de son manteau joyeux et
fécond les désastres, les ruines amoncelés par la guerre
barbare des hommes, c'était la nature, qui, grande pacifi-
catrice, sous son tiède soleil de printemps, disait à tous les
êtres de vivre, d'aimer pour les fructueuses moissons de
demain.

ALEXANDRE BÉRARD.

106

www.ingramcontent.com/pod-product-compliance
Lightning Source LLC
Chambersburg PA
CBHW061650180626
46818CB00003B/1034